老鼠記者 Geronimo Stilton

神探福爾摩鼠 5
古堡銀面具謎案

謝利連摩・史提頓
Geronimo Stilton

新雅文化事業有限公司
www.sunya.com.hk

神探福爾摩鼠5

古堡銀面具謎案
IL FANTASMA DEL CASTELLO

作　　　者：Geronimo Stilton　謝利連摩·史提頓
譯　　　者：鄧婷
責任編輯：胡頌茵
中文版封面設計：許鍩琳
中文版美術設計：劉蔚
出　　　版：新雅文化事業有限公司
　　　　　　香港英皇道499號北角工業大廈18樓
　　　　　　電話：(852) 2138 7998
　　　　　　傳真：(852) 2597 4003
　　　　　　網址：http://www.sunya.com.hk
　　　　　　電郵：marketing@sunya.com.hk
發　　　行：香港聯合書刊物流有限公司
　　　　　　香港荃灣德士古道220-248號荃灣工業中心16樓
　　　　　　電話：(852) 2150 2100　傳真：(852) 2407 3062
　　　　　　電郵：info@suplogistics.com.hk
印　　　刷：C & C Offset Printing Co., Ltd.
　　　　　　香港新界大埔汀麗路36號
版　　　次：二〇二二年十月初版

版權所有·不准翻印
繁體中文版版權由Atlantyca S.p.A 授予

http://www.geronimostilton.com
Based on an original idea by Elisabetta Dami.
Cover Project: Mauro de Toffol / theWorldofDOT (Adapted by Sun Ya Publications (HK) Ltd.)
Cover and Story Illustration: Tommaso Ronda
Cover Graphic and Artistic Coordination : Daria Colombo and Lara Martinelli
Story Artistic Coordination : Lara Martinelli
Story Graphic Project and Layout: Daria Colombo
Geronimo Stilton names, characters and related indicia are copyright, trademark and exclusive license of Atlantyca
S.p.A.
The moral right of the author has been asserted.
All Rights Reserved.
No part of this book may be stored, reproduced or transmitted in any form or by any means, electronic or mechanical,
including photocopying, recording, or by any information storage and retrieval system, without written permission from
the copyright holder.
For information address Atlantyca S.p.A., Italy- Corso Magenta, 60/62, 20123 Milan, foreignrights@atlantyca.it
www.atlantyca.com
Stilton is the name of a famous English cheese. It is a registered trademark of the Stilton Cheesemakers' Association.
For more information go to www.stiltoncheese.co.uk
ISBN: 978-962-08-8112-1
© 2021- Mondadori Libri S.p.A. for PIEMME, Italia
International Rights © Atlantyca S.p.A. Italy
Traditional Chinese Edition © 2022 Sun Ya Publications (HK) Ltd.
18/F, North Point Industrial Building, 499 King's Road, Hong Kong
Published in Hong Kong, China
Printed in China

神探福爾摩鼠
辦案記

在一個總是寒風凜冽、霧氣繚繞的神秘城市裏，有一座奇特的房子。房子裏住着一隻熱衷探案的古怪老鼠……他就是偉大的夏洛特·福爾摩鼠，老鼠島上最知名的天才偵探！

我老鼠記者謝利連摩·史提頓很榮幸獲福爾摩鼠邀請擔任他的助手，協助他調查各種離奇的案件。我把辦案期間的所見所聞寫下來，就成為了你讀着的這本偵探故事。

各位熱愛偵探故事的鼠迷，快來一起走進各種奇案的犯罪現場，挑戰你的頭腦吧！

謝利連摩·史提頓

一場鬥智鬥力的刑偵冒險之旅即將開始！

二樓：

10 助手的房間：謝利連摩·史提頓就睡在這裏。

11 皮莉鼠的房間：誰都不可以進入這個女管家的房間。房間裏真的只有她嗎？她藏着什麼秘密嗎？

12 福爾摩鼠先生的房間：偉大的偵探會在這裏的牀上休息……雖然他說他從來都不睡覺！

13 洗手間：供訪客使用。

14 天台：福爾摩鼠獨自冥想的地方（如果不下雨的話！）

15 温室花園：這裏種植了稀有的仙人掌。

16 泳池：福爾摩鼠每天都會來這裏游泳。他總是讓一條水虎魚跟着自己，這樣可以令他游得更快！

底層：

1 入口

2 藏書室：裝滿各種關於神秘案件的書籍。

3 秘密樓梯：通往收藏懸案檔案的地下室。

4 神秘大廳：福爾摩鼠只有在他生日當天邀請朋友們參加「神秘競賽」時才會進來

5 紀念品室：這裏收藏了他所破案件的紀念品。

福爾摩鼠偵探社

6 車庫：福爾摩鼠把所有辦案用的交通工具都放在這裏，包括：單車（一種非常奇特的腳踏車）、附有側車的電單車、形似熱氣球的飛行器、超高科技的汽車，以及能夠變成潛水艇的船。

一樓：

7 福爾摩鼠的工作室：福爾摩鼠會坐在這裏接待客户。這些客户是從每天在偵探社門口排隊求助的客户中挑選出來的幸運鼠。

8 練琴室：福爾摩鼠每晚會在這裏拉奏小提琴。

9 廚房：女管家皮莉鼠的專屬空間，她會在這裏準備茶點。

目錄

結案

福爾摩鼠偵探小學堂

超級
汽車之旅

　　我和往常一樣乘搭黎明時分從妙鼠城駛出的火車來到怪鼠城⋯⋯親愛的鼠民朋友，你們自行想像當時我有多睏吧！

　　我睡眼惺忪地走出火車站，聽到一把熟悉的聲音召喚我：「**史提頓！**」

　　沒錯，就是他，福爾摩鼠，**老鼠島**上最著名的偵探。他從那台超高科技的汽車車窗裏探出頭來。

以一千塊莫澤雷勒乳酪的名義發誓，我從來沒跟你們提及我的大偵探朋友那台 超級裝備 的汽車嗎？沒有嗎？那我真的要好好給你們介紹一下⋯⋯

　　「史提頓！你要去哪兒？」

　　我猶豫了一下：「呃⋯⋯福爾摩鼠先生，不是去你家麼？」

（好吧，親愛的鼠民朋友，那我只能待會再給你們介紹他那台超級汽車了！）

「快上車！」福爾摩鼠催促道。

我回答：「好的！那……你是特地來接我的嗎？你這是從哪裏過來的？」

他整理了一下頭上戴的飛行員貝雷帽，嘟囔道：「**我的助手鼠**！史提頓，你覺得我會從哪裏過來？當然從我家裏！快點，別浪費我的時間了。快上車！我們已經遲到了……」

這真讓我更累又狼狽。他的超級汽車是一輛跑車，車廂裏沒有任何多餘的空間，已經被福爾摩鼠和他的行李佔滿了，讓乘客不舒適。只見他的其中一件行李是圓形的。

我埋怨道：「在我印象中這台超級汽車……應該更寬敞一點的！」

他眉毛一橫，瞥了我一眼，說：「**哎**，荒謬！史提頓，你想說什麼？我的這台超級汽車一直都是這樣……這是一台**單廂跑車**！」

於是，我只好馬上抱着行李箱跳上車！

我費力地關上車門，把行李箱和傘都放在我的膝蓋上抱着，頂着我的下巴。

哎唷，真是太不舒服了！

福爾摩鼠繼續說：「這台汽車由我親自設計的，結構多變……如果你想的話，我們可以把它變成 **豪華轎車** ！」

說罷，他就按動了儀錶盤上的一個按鈕。我的座椅應聲向後滑動，座椅空間隨即變大。我轉過頭，發現身後突然冒出了三個座位！

滴！滴！

單廂跑車

豪華轎車

輕型貨車

「又或者你更喜歡 輕型貨車 ？」

只聽又一聲「滴」，超級汽車變成了一台八座位的輕型貨車！以一千塊莫澤雷勒乳酪的名義發誓，我簡直驚呆了！

「史提頓，有什麼好大驚小怪的？」我的偵探朋友哼哼道，「**快點啦，扣好安全帶，出發**！」

我急忙扣上安全帶。福爾摩鼠隨即踩下油門，超級汽車猶如離弦之箭出發了。在行駛時，這輛汽車哪怕一點點細小的噪音也沒有發出。

我們在 怪鼠城 川流不息的馬路中穿行，周圍傳來各種車輛引擎的「**嗡嗡**」聲，喇叭的「**咘咘**」聲，以及煞車的「**吡吡**」聲，而福爾摩鼠的超級汽車則仿如無聲前進。

福爾摩鼠給我使了個眼色，說：「史提頓，看到了嗎？我設計的引擎非常非常安靜。在鄉間小路上，這一特點會更加突出！」

「**鄉間小路？**」我問道，「對了，我可以問一下我們現在去哪裏嗎？」

他回答說：「當然可以！」

說完，他繼續默默地開車。

我很困惑，於是試着再次問道：「呃，福爾摩鼠先生……你還沒有回答我呢。」

「史提頓，我已經回答了！」

他哼哼道：「你問我是不是可以問我，我們這是去哪裏，對麼？」

「是的……」

「那我已經回答了呀。哈哈哈！」

唉，我當時沒有反應過來，**原來福爾摩鼠在跟我玩文字遊戲**！

我又試着重新問一遍：「呃，福爾摩鼠先生，我們現在去哪裏？」

他回答：「怪鼠城的北部，**濃霧沼澤**。更準確地說，棕毛鼠城堡。」

他稍作停頓，繼續說：「你不打算問我去那裏幹什麼嗎？」

隨後，他又沉默了，而我像個傻瓜般呆着。

福爾摩鼠格格笑道：「**史提頓，你到底要不要問問題啊？**」

我回答：「當然要問！我們去棕毛鼠城堡幹什麼呢？」

「目前，我只能告訴你棕毛鼠勳爵是我們的新客戶⋯⋯**他這宗案件極為保密！**」

與此同時，超級汽車又變回單廂跑車的形態，在蜿蜒曲折的鄉間小路上行進，周圍的草地上有些 **羊羣** 四散着。

我正欣賞着田園風光，跑車突然一個急轉彎，來到令鼠膽顫的 **懸崖公路** 上！

我吱吱叫道：「*啊啊啊啊啊啊啊！*」

「史提頓，別害怕！」我的朋友連忙安慰我道，「一切盡在掌握，別害怕！我的助手鼠，

　　作為一名偵探的重要原則：了解自己的極限，並小心謹慎地努力突破極限！超級汽車的安全系統極為發達，由我精心設計的，可以保證車安穩地行駛！」

　　「好！那……我們什麼時候到那裏？」

　　他回答：「我們現在身處一片綠色草甸，青山碧水，藍天白雲。當這些美景都消失的時候，我們就抵達目的地了！」

我問道：「那麼……我們快到了？」

「史提頓，當然沒有啦！我們現在還在**幸福沼澤**！我剛剛不是説了，當這些美景從你眼前消失的時候，我們就抵達目的地了！」

咕吱吱，我更加**一頭霧水**了，不禁問道：「為什麼會從眼前消失呢？」

「史提頓，那我就用另一個問題來回答你……

什麼東西在的時候，我們什麼都看不見？」

各位親愛的讀者朋友，你們知道答案嗎？

17

我努力集中精神思考：「呃……什麼東西在的時候，我們什麼都看不見……會是什麼呢？」

福爾摩鼠嘟噥說：「史提頓，這是基本常識！是**霧氣**！」

我用手爪拍了拍我的木魚腦袋：「真是的！我怎麼就沒想到呢？」

「簡單。你沒有想到，因為你還得提高猜**謎語**的能力（當然還不止這個！）。那麼現在，請你看看四周，再告訴我，你看到什麼了？」

「我從車窗探出頭……什麼？

美景全都消失了！」

「我什麼都看不見！」吱吱吱，我好害怕。

福爾摩鼠繼續說：「用不着擔心！你也不是什麼都看不見。你看見了霧氣……濃霧瀰漫，也就是說我們抵達**濃霧沼澤**了！」

我支支吾吾道：「這麼大的霧氣，你不打算開慢點嗎？我嚇得鬍子直抖！」

「史提頓，我已經減速了！超級汽車上的**紅外線導航儀**發出了減速的警示……紅外線已經精確標註了道路和路障的位置！」

福爾摩鼠很小心地開着車，避開了一頭竄到馬路中央的綿羊。

就在那時，車載電腦顯示有電話打過來：

「叮鈴鈴！」

皮莉鼠小姐出現在電腦熒幕上。

「喂，喂，喂?! 福爾摩鼠先生，事情進行得順利嗎？」

他回答：「皮莉鼠小姐，一切順利！我們已經來到濃霧沼澤了……」

福爾摩鼠的女管家回覆道：「你萬事小心，那裏的霧氣越來越濃……就好像鄰居的草地越來越綠，鄰居的銀礦越來越多！」

福爾摩鼠回答：「謝謝！我會和往常一樣注意安全的！」

我探出頭看着熒幕，主動跟女管家打招呼：

「 **皮莉鼠小姐** ，晚安！」

她微笑着回答：「謝利連摩先生，晚安！」

這一次，女管家穿上了亮閃閃的*銀色*上衣，配襯了頭上一縷銀色挑染的頭髮！

與此同時，超級汽車繼續在濃霧裏悄無聲息地飛馳。

案件

幽靈只存在於
書籍和電影中……
用來嚇唬大家！

夏洛特・福爾摩鼠

濃霧沼澤上的城堡

天色已晚，我們終於抵達棕毛鼠城堡。

城堡的塔樓高聳入雲，塔樓尖頂消失在濃霧中。

我看着城堡，不由得打了個寒顫，渾身上下從鬍尖到尾尖都在發抖⋯⋯*瑟瑟瑟瑟瑟瑟！*

不知在那個陰森的古堡裏，
到底有什麼謎案
**　　　迎接我們？**

　　福爾摩鼠把車停在燈火通明的大門前。迎接我們的是一名幫我們拿行李的 管家 和一隻身穿格子西裝的紅頭髮老鼠。

　　「歡迎來到**棕毛鼠城堡**！我是布魯梅爾‧棕毛鼠……我猜你一定就是大名鼎鼎的偵探**福爾摩鼠先生**！」

　　「正是在下，棕毛鼠勳爵，」我的朋友回答，「這是我的助理謝利連摩‧史提頓。」

　　棕毛鼠勳爵握住我的爪子說：「史提頓先生，歡迎到訪！」

我回答說：「勳爵閣下，這是我的榮幸！」

然後，棕毛鼠轉身對福爾摩鼠說：「感謝你承接我的 **案件** ！」

大偵探微微聳了聳肩，答道：「老實說，怪鼠城的潮濕和霧氣已經不能滿足我了。我需要找點新鮮和變化……我需要你們這裏的潮濕和霧氣！」

進入城堡前，我看了看四周夜色下霧氣濛濛的景緻。誰知道那片濃霧瀰漫的土地上到底隱藏着什麼 **危險** ……

福爾摩鼠繼續說：「怪鼠城最近太平靜了！有好一段時間沒有**不尋常的案件**了……那種值得有史以來最偉大的偵探，也就是我，來辦的案件！」

咕吱吱，親愛的鼠民朋友，福爾摩鼠的話只說明一件事：我們接手的是一宗 **離奇的案件** ！

棕毛鼠勳爵請我們到屋裏。

一隻年邁的老爺爺和一隻跟棕毛鼠勳爵一樣一頭紅髮的小女孩，在一間寬敞的會客廳裏迎接我們。會客廳裏鋪着地毯，牆上掛滿了畫，壁爐的爐火很旺。

「這位是我的父親布魯克。這是我的姪女**布魯妮德！**」勳爵說，「福爾摩鼠先生，平時這個時間，布魯妮德已經睡下了。不過，我

們今天特別允許她在這裏等你。她是你的忠實支持者！」

布魯妮德鞠躬説道：「我長大後也想當**偵探**！」

福爾摩鼠笑着説：「小女孩，這個想法很棒。只要用心學習，你一定可以心想事成！」

棕毛鼠勳爵繼續説：「各位，很抱歉，今天我們不得不在這裏迎接你們。我們的城堡暫時被范・驚悚鼠的劇組租用了。他們要在這裏拍攝**電影**！」

布魯克爺爺嘟囔道：「哼！為什麼要讓那些外國鼠佔用我們的地方⋯⋯看着他們在**城堡**和花園裏轉來轉去。這裏又不是他們的家！」

勳爵回答説：「父親，我們不是已經談過了嘛⋯⋯城堡需要修葺。只有把城堡租出去，我們才能獲得足夠的維護費用！」

布魯妮德也很清楚地表達了自己的意見：

「爺爺，而且看劇組拍電影也是一次很棒的體驗啊！演員們都穿着漂亮的演出服裝。劇情裏，還有一隻裹着黑袍的 **幽靈** 出現！」

福爾摩鼠笑着說：「呵呵呵！**幽靈根本不存在**！相反，幽靈只存在於書籍和電影中……用來嚇唬大家！」

他轉身問我：「史提頓，我說得對嗎？」

我回答：「福爾摩鼠先生，一點沒錯！你已經證明過好幾次了……好比上次**被詛咒的劇院**，你還發現了那個**貓印**背後的秘密！」

不過，棕毛鼠一家看起來憂心忡忡，而那管家的臉看起來尤其陰沉。

棕毛鼠勳爵接過話道：「呃……福爾摩鼠先生，我也不是想跟你爭辯。不過，我已經在電話裏告訴你了，**我們家的城堡裏真的有一隻幽靈**！」

關於
銀面具
的傳說

　　福爾摩鼠問布魯梅爾‧棕毛鼠勳爵：「所以你也相信真的有幽靈存在?!范‧驚悚鼠導演也相信，對不對？你之前在電話裏提到因為這個原因，電影劇組想終止拍攝。」

　　城堡主人點點頭。

　　我的朋友繼續說：「不過，如果導演終止拍攝計劃，你就沒有足夠的錢修復城堡了。」

　　勳爵又點點頭，表情十分嚴肅。

「那麼，我想問一個**問題**，」福爾摩鼠說，「你們為什麼相信有**幽靈**存在？」

棕毛鼠勳爵回答：「這個⋯⋯我知道你很難相信，但是對我們而言，這個幽靈，怎麼說呢，是家族成員！他就是**銀面具**。他的故事跟我們的城堡有關，已經流傳數百年了⋯⋯」

福爾摩鼠嘟囔道：「哦?！**數百年**？那就請你給我們說明吧！」

勳爵點點頭，微微鞠躬道：「沒問題！那就等管家詹姆斯給大家泡甘菊茶的時候，我給大家說明吧！」

這時，之前幫我們搬行李的管家回到會客廳，他端着一個放滿各種點心的托盤。

我的肚子早就餓得咕咕叫了。

在一路上，我們並沒有停車吃飯。我在路上曾經向福爾摩鼠提議過，不過他的回答

是：「**作為一名偵探的重要原則：學會忍耐……即使飢腸轆轆！**」

勳爵指着牆上的一幅大型 **肖像畫** 說：「瞧，這就是我們家族的幽靈！」

那幅畫上是一隻穿着古代衣服的老鼠，手爪拿着一張面具。

勳爵接着說：「我們傑出的祖先 **白銀·棕毛鼠** 是第一位開採本地銀礦場的老鼠……不過銀礦早在兩百年前就枯竭了！」

布魯克爺爺嘀咕道：「嗯，要是 **銀礦** 還沒有枯竭，我們就不需要把城堡租出去！」

小女孩解釋道：「你們要知道，以前的銀礦真的很大很大，挖出的 **銀** 純度非常非常高，是個難得的富礦！」

福爾摩鼠朝她使了個眼色：「布魯妮德，我看你果然有偵探頭腦！銀是一種很特別的金屬……史提頓，你知道它有什麼特徵嗎？」

　　我看着肖像畫失神了。

「呃，」我攤開雙爪，說，

「不知道……」

31

福爾摩鼠搖搖頭，說：「我親愛的助理，我看你有點準備不足啊！**銀沒有味道，不帶磁性**（所以不會像那些磁鐵一樣受到磁場影響）。它是一種柔韌且具有**延展性**（很容易塑形）的金屬。**史提頓，快記下！**」

我拿出筆記本，說：「馬上！不過……這些信息到底有什麼用呢？」

他自信滿滿地說：「當然！**作為一名偵探的重要原則：科學知識永遠有用！任何信息都可能會派上用場！**」

就在我快速記筆記的時候，布魯妮德問道：「福爾摩鼠先生，我也可以跟你們一起調查，並記筆記嗎？」

他點點頭，一臉欣慰的表情。

小女孩立刻拿出紙筆，認真地**寫下**筆記。

福爾摩鼠轉身對**棕毛鼠勳爵**說：「在

你給我們講解你的祖先，也就是所謂的幽靈之前，我想知道過去那個珍貴的 **銀礦** 在什麼位置？」

勳爵攤開雙臂，說：「我們有一張古老的地圖，上面標註了銀礦入口，還有昔日的礦道位置。那真的是一個 **地下迷宮** 啊！棕毛鼠家族的銀礦礦脈位置標註得非常精確！不過，曾經發生過幾次塌方……」

「夠了！」布魯克爺爺插話道：「說這些都沒有用了。**礦脈** 已經枯竭太久太久了。」

福爾摩鼠一邊喝着管家詹姆斯泡的甘菊茶，一邊說：「棕毛鼠勳爵，謝謝你的這些信息，那現在就麻煩你給我們詳細講解面具的歷

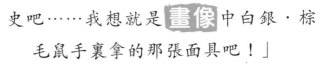

史吧……我想就是 **畫像** 中白銀・棕毛鼠手裏拿的那張面具吧！」

棕毛鼠勳爵回答：「沒錯！那是由當時最好的工匠打造的，是一個價值極高的精美銀面具，後來更成為了我們家族的 **象徵** 和幸運物。」

我仔細看了看畫中的 **銀面具**。那是一個長着濃密鬍鬚和眉毛的老鼠造型……也就是白銀・棕毛鼠的樣子！

勳爵繼續説：「『務必保管好銀面具，否則棕毛鼠家族的財富，將於壞星下消失！』我們的祖先三百年前這樣的告誡。可惜，面具神秘地 **消失** 了，銀礦也枯竭了……從那時起，我們家族的財富就一點點耗盡！」

福爾摩鼠饒有興致地聽他講解。

勳爵繼續説：「**據說**，就從那時起，城堡

裏出現了戴着面具的白銀．棕毛鼠的幽靈！」

福爾摩鼠打斷他，質疑說：「呃……真的嗎？」

他回答道：「是的，不過也不全是，好像幽靈所到之處都會留下 銀粉 ！」

布魯克爺爺嘟囔道：「哼！反正，我從來沒有見過什麼銀面具幽靈。我的父親和爺爺都沒有見過。這只是一個傳說！」

我插話道：「不過，現在幽靈真的出現了，對吧?!」

棕毛鼠勳爵眉頭緊鎖道：「沒錯。老實說，我們都沒有見過，不過幽靈好像 嚇到 了電影劇組，所以范．驚悚鼠導演和他的劇組想離開。但是，我們需要他們的租賃費用，才能修復城堡和花園，還有我們的羊羣牧場。福爾摩鼠先生，請幫幫我們！」

福爾摩鼠回覆道：「當然！棕毛鼠勳爵，

你從沒有像今天這麼需要我！而且，只有福爾摩鼠可以 揭 開 假幽靈的真面目……我相信你們也許十分害怕，但是在城堡內晃悠的幽靈不過是個騙術……

我一定會
為你們揭開真相！」

調查

哪有什麼幽靈……
不過那個
假幽靈很熟悉
銀面具的傳說！

夏洛特・福爾摩鼠

夜間的幽靈！

棕毛鼠動爵滿懷希望地問道：「福爾摩鼠先生，你的意思是，這個案子你接下了？」

福爾摩鼠回答：「當然！這個案子我接下了。我和我的助理可不會被一個古老的傳說嚇到！」

呃，親愛的鼠民朋友們，不管有沒有幽靈，那個**陰森森的城堡**像藏着了貓似的！讓我很害怕！

布魯妮德一躍而起，說：「太好了！我終

於可以在偉大的福爾摩鼠身邊親眼目睹他如何 **查案**了！」

勳爵回答道：「親愛的，明天再開始吧！當然，如果福爾摩鼠先生允許的話！現在太晚了，該上牀睡覺了！」

女孩優雅地欠身道：「叔叔，你說得對，晚安！*大家晚安！*」

福爾摩鼠微笑着說：「布魯妮德，晚安。只要情況不危險，那麼從明天起，你就擔任我的助理的助理，好不好？」

布魯妮德答道：「**好！**」

然後，她蹦蹦跳跳地離開了。

勳爵轉身對我們說：「我已經為兩位在城堡裏準備好了兩間客房，方便你們隨時查案。」

福爾摩鼠笑着說：「勳爵閣下，你想得真周到！我對於**古老、幽黑、空曠的地方**完全沒有抵抗力！」

於是，我們離開會客廳，在濃霧沼澤的夜色中走着。呃呃呃！

以一千塊莫澤雷勒乳酪的名義發誓，那裏漆黑一片又空曠，真的是像貓一樣的恐怖啊！

我們隨後進入古老的城堡。福爾摩鼠請勳爵陪我們四處轉轉。

他答道：「當然可以！不過我們得小聲點。劇組鼠員都已經歇息了！」

「史提頓，把手提電話拿出來！」福爾摩鼠命令我，「你得負責拍照。我們所到之處的環境細節都要拍下來！」

他補充道：「就像觀光客參觀古老的城堡那樣拍照！」

棕毛鼠勳爵向我們展示了城堡裏藏書豐富的**藏書室**、大廳、廚房、寬闊的樓梯、長長的通道，以及空曠的地下室。

城堡漆黑一片，寂靜無聲。我走在樓梯上，突然聽到「嘎吱」一聲！

我像遇見了貓一樣嚇得跳了起來，急忙抱住樓梯扶手！

福爾摩鼠嘀咕道：「史提頓，我的助手鼠！你不會連木頭的『嘎吱』聲都害怕吧？」

「呃……福爾摩鼠先生，當然沒有啦！不過，這個過道裏到處都是黑影……」

就在那一刻，我看見一道閃光。咕吱吱，樓梯頂上出現一個白色的身影。

「看那邊！有老鼠！好像幽靈！」

棕毛鼠勳爵回答：「史提頓！那不過是月亮照在窗戶玻璃上的*反射*……」

我說：「呵呵！是我錯了，可是……**呃呃呃！我……呃呃呃……冷得發抖！**」

福爾摩鼠微笑着說：「你當然會覺得冷！城堡到處**漏風**！」

勳爵搖了搖頭，說：「真的呢！城堡真的需要好好修葺！」

福爾摩鼠安慰他說：「棕毛鼠勳爵，等我們破了案子，你就可以好好整修這個恢宏的城堡了！不過現在天色已晚，你也快去睡吧。」

我們向勳爵道晚安。我正想回房間休息，那裏一定有一張舒服的牀和**軟軟的牀鋪**在等着我。

不過，福爾摩鼠攔下我：「史提頓，你要去哪兒？」

我回答：「你不是說到了**睡覺**時間嗎？」

他搖了搖頭：「那跟我們無關！我和你現在得做好準備，等待幽靈出現。」

唉……**再見了，我的牀！再見了，休息時間！**

我歎了口氣，跟着福爾摩鼠躲到大廳的窗簾後面。我們就這樣挨着 **冷**，還有 **害怕**，在那裏待了一個小時。

就在我快要（站着）睡着的時候，福爾摩鼠推了我一下。「史提頓，注意！有老鼠過來了……」

透過窗簾，我看到大廳深處出現一道朦朧的 **銀色亮光**，還有一陣沙沙聲。

我聳了聳肩：「可能是月光……可能是吹過沼澤的微風……可能是……」

就在這時，大廳深處出現一個細長的身影。每移動一步，黑影身上的黑色 **袍子** 就會晃動一下，黑影的臉還發着光！

以一千塊莫澤雷勒乳酪的名義發誓！

稍等！那不就是棕毛鼠家族畫像裏的老鼠嗎？！他戴着棕毛鼠家族的 **銀面具** 啊！

我語無倫次地説：「是幽幽幽……幽靈！」

福爾摩鼠驚呼：「**幽靈**？抓住他，快！」

他從窗簾後面跑了出去。

神秘的幽靈轉過身。我看到幽靈的 **面具臉**。然後，幽靈朝着反方向逃跑了。

就在那一刻，劇組的一盞聚光燈倒在福爾摩鼠面前，擋住了他的路。

我尖叫：「啊啊啊啊啊啊！**幽靈**……會憑空移動物品！」

福爾摩鼠嘟囔道：「史提頓，別傻了！他不過是拉扯了聚光燈的電線……我們快追！」

幽靈穿着沙沙作響的袍子（*很奇怪，他的胳膊下面鼓鼓的*），沿着兩邊有很多扇門的長通道 *逃跑*。

其中一扇門突然打開，出現一隻穿着粉紅色睡裙的金髮女鼠。

我立刻認出她，她就是著名演員**明星·星辰鼠**。她嚇得尖叫道：

「啊啊啊啊啊啊！幽靈！」

銀面具幽靈跑到過道盡頭，福爾摩鼠跟在後面，而我也跟在福爾摩鼠後面，從女演員身邊擦身而過。我一邊跑一邊安慰她：「**別害怕，有我們在！**」

很快，又有兩扇門打開了。

一隻大塊頭的老鼠探出頭來，剛好看見幽靈亮閃閃的身影一閃而過。他是演員**比爾·布倫**。儘管他看起來膽大而冷靜，但還是驚嚇得暈倒在地上，像一塊陳年普夫隆乳酪一樣！

另一扇門後探出頭來的是梳了招牌劉海的**吉米‧短跑鼠**。他是怪鼠城最受歡迎的男演員。但是，吉米很快就「啪」的一聲關上了門。

我一邊跟着福爾摩鼠跑一邊想，那兩名著名**演員**原來比我更害怕呢！

我們跑過長長的過道和樓梯，來到城堡的地下室。

福爾摩鼠用他的超級手提電話照明。

我們身處另一個過道，兩邊有很多上了的小門。

幽靈不見了，它肯定是藏在其中一扇門後面！

福爾摩鼠驚呼：「史提頓，快找鑰匙！」

我回答：「遵命！呃……我這就去找勳爵！」

就在那時，我們身後傳來**腳步聲**。很顯然，我又嚇得鬍子不停地顫抖。

我喃喃地説：「有鼠來了！」

福爾摩鼠伸出手提電話的照明查探，黑暗中出現了管家詹姆斯的身影！

「先生，我來開門！」説着，他向我們展示了一串**鑰匙**。

福爾摩鼠警覺地瞥了他一眼，説：「呃……詹姆斯，真巧啦！你來得正是時候！」

他處變不驚地回答：「我正在**夜間巡邏**，突然聽到一陣嘈雜的聲音！」

我解釋道：「是戴着銀面具的幽靈！我們一直追到這裏！」

我們打開一扇扇門，裏面都空空如也。

福爾摩鼠總結道：「**銀面具**就像幽靈一樣消失了！」

神秘的閃粉

我很不安地問：「福爾摩鼠先生，難道連你也相信有幽靈存在嗎？」

他一臉狡黠地微笑道：「史提頓，別犯傻了！**哪有什麼幽靈**……不過那個假幽靈很熟悉銀面具的傳說！**看那邊！**」

他用手提電話照亮樓梯……樓梯梯級上有一道長長的 銀色閃粉路 在閃閃發亮！

　　我嚇得兩腿發軟，就像斯特拉奇諾乳酪一樣。不過，我努力保持平靜，支支吾吾地說：「當然！那個……那個神秘的 傢伙 在所經之處留下了銀粉，就跟傳說中一樣！」

　　我轉身看着詹姆斯。管家 看起來很平靜，好像城堡裏有幽靈是一件很正常的事情！

福爾摩鼠鼓勵我：「很好！史提頓，你可以試試把這些閃粉收集起來**聞一聞！**」

我用手指掠過樓梯梯級，沾上一些閃粉，然後認真地聞起來：「**嗅！嗅！嗅！**」

我接着說：「嗯……有一種很奇怪的味道！很熟悉，不過我也說不出那是什麼……」

福爾摩鼠道：「這是**第一條線索**，很有意思……我們可以推斷出什麼呢？史提頓，說說吧，加油！」

我撓了撓我的木魚腦袋，然後試着回答：「很巧……這個味道讓我想起皮莉鼠小姐的廚房裏某些餐具的味道。」

福爾摩鼠揚起眉頭，說：「嗯……史提頓，集中注意力！再收集一些**閃粉**，再評估、分析，再歸納作出推論！」

他從口袋裏拿出一塊**磁鐵**遞給我：「如果你相信我，可以用這個試試！」

我俯身靠近樓梯梯級。

很快，磁鐵的 磁極 上就沾滿了閃粉。

福爾摩鼠微笑着問：「很好！你現在明白了嗎？」

我說：「這個……真的是……」

他打斷我，說：「都到這個分上了，你總應該知道答案了吧…… **史提頓，我說得對嗎？**」

樓梯上的閃粉是一條很有趣的線索！

親愛的讀者朋友，你能看出當中的線索嗎？

我繼續看着磁鐵上的銀粉，又仔細聞了聞。

福爾摩鼠又說：「你是不是已經忘記我們之前說過的？銀是一種沒有味道的金屬！**作為一名偵探的重要原則：學會運用科學常識！**這個閃粉不可能是銀粉！閃粉有味道，應該含有**銅**。你不是也說這個閃粉的味道讓你想起皮莉鼠小姐的餐具嗎？哪些餐具？就是那些銅器。史提頓，基本演繹法！」

我**目瞪口呆**地看着他。

他繼續說：「另外，銀是*沒有磁性*的，不可能被磁鐵吸引。」

於是，我把沾着閃粉的磁鐵還給福爾摩鼠。他用手帕將磁鐵包好，放進口袋。然後，他朝我使了個眼色：「稍後我到超級汽車的移動實驗室，會再對這些閃粉進行分析！」

然後，我們沿着**閃粉的痕跡**爬上樓梯。

管家詹姆斯面無表情地目睹這一切，又接着眼睛一眨不眨地跟着我們。

我們在底層碰到穿着睡衣的棕毛鼠勳爵和他的姪女。他們也被城堡裏的 **喧鬧聲** 吵醒了。女孩 **布魯妮德** 雀躍地問福爾摩鼠：「你們真的看到銀面具幽靈了嗎？」

他回答說：「哼，我根本不相信有幽靈存在！我們發現了 **類似** 銀粉的東西……」

福爾摩鼠拿出磁鐵。布魯妮德聞了聞閃粉，說：「有一股很濃的味道……所以不可能是純銀，因為銀是沒有味道的！真奇怪，傳說中的銀面具應該是以純度非常高的銀打造的！」

福爾摩鼠微笑道：「太好了！這就是第一條線索。史提頓，你看到了嗎？布魯妮德一下就明白了！你要跟她學習！」

我們來到 **電影劇組** 所在的大廳。明星·星辰鼠默不作聲，而現在（*既然幽靈已經消失了*）比爾·布倫和吉米·短跑鼠正在吹噓自己把幽靈嚇跑的經過！

一隻又高又瘦的老鼠隨後趕到。他就是 **范·驚悚鼠導演**。他不停地抱怨神秘的銀面具把整個 **電影** 布景破壞了。

棕毛鼠勳爵試着安慰他：「還好不是很嚴重！我請大家放心。濃霧沼澤的所有城堡裏都有大大小小的神秘 **謎團** ⋯⋯不過，我們有當今最優秀的偵探來幫我們解開謎團！」

大家的目光投向福爾摩鼠。他隨即微微鞠躬致意。

明星·星辰鼠說：「啊，福爾摩鼠！只有你

可以將我們從幽靈手中解放！」

　　他回答：「小姐，幽靈根本不存在！打擾
你們睡覺的那隻老鼠不過是從傳說中汲取了靈
感⋯⋯」

　　直到這時，我向前一步說：「就讓我來向大
家解釋吧！我是謝利連摩・史提頓，大偵探的助
理！那隻嚇到大家的老鼠⋯⋯」說到這裏，我

朝着兩位男明星瞟了一眼，繼續説，「他戴着假銀面具。而真的幽靈應該是戴着高純度的銀面具。」

棕毛鼠勳爵一頭霧水，問道：「如果不是白銀·棕毛鼠的幽靈，那又會是誰呢？」

福爾摩鼠解釋道：「有老鼠想利用傳説來嚇唬你們！我們很快就會發現他的狐狸尾巴！」

驚悚鼠導演提議道：「我想把這裏發生的一切公之於眾。這個幽靈一定可以吸引大批觀光客來城堡參觀！」

「這相當於給你的電影做宣傳了，對麼？」福爾摩鼠説。

導演斜瞥了他一眼。

布魯克爺爺接話道：「我們不想大肆宣傳！已經有太多老鼠來這裏了！至於你們這些如果不喜歡幽靈的話，可以隨時離開這裏！」

此刻，管家詹姆斯嘴角露出了微笑。

福爾摩鼠回應道：「布魯克爺爺，你的心思，我們很清楚。但是，現在請你陪我們去**藏書室**。銀面具是從那裏冒出來的……我們這就去揭開謎底！」

布魯克爺爺應聲同意。我們一行老鼠一起前往藏書室。

我走到福爾摩鼠身邊，小聲問道：「你怎麼如此確定銀面具是從藏書室裏冒出來的呢？」

他嘟囔道：「**史提頓，基本演繹法**！你還沒有猜出那個所謂『幽靈』的**袍子**裏藏着什麼嗎？」

直到這時，我才想起來那個神秘幽靈鼓鼓囊囊的腋下。那會是什麼呢？

史提頓，看好了！

我一進入藏書室就知道了答案——那幽靈的腋下藏着一本書！

福爾摩鼠檢查着書架上排列整齊的書。只見他沿着天花板下星辰圖案的**裝飾牆線**，一直走到一張低矮的小桌子旁。

他看着我，說：「我知道銀面具在找什麼！」

我驚呼道：「一本書？是什麼書呢？」

福爾摩鼠揚起眉頭說：「史提頓，你得好好

訓練自己的觀察力！**第二條線索**就在這裏……我們也來過這裏的！」

「沒錯，這個房間裏有很多很多書！」

「你不記得了？」他問我：「看看你手提電話上拍的照片吧！」

你知道銀面具到底偷了哪一本書嗎？

請仔細觀察上圖，再細看第41頁的插圖！

於是，我拿起手提電話，仔細查看我之前拍下的藏書室照片。我把照片一張張放大，和我面前的藏書室進行比對。我花了一點時間，終於發現了一個不同之處……我之前拍攝的照片裏，有一本書放在那個位置！

我歡呼雀躍道：「缺少的那本書是……」

我把手提電話水平旋轉，想看清楚封面上的書名，但是圖片又自動翻轉過來！

於是，我側頭看熒幕，驚呼道：「那是關於銀礦的兩本書的其中一本，這本書原本放在小桌子上！這本書很厚很厚，就好像幽靈藏在袍子下的鼓鼓囊囊的東西一樣！」

福爾摩鼠推斷道：「這本書極有可能包括本地銀礦的古老地圖。棕毛鼠勳爵，是不是你之

前提到的那本書?」

勳爵點點頭:「**沒錯,福爾摩鼠!**你是怎麼憑空猜出這裏缺少的就是那本書呢?你又沒有查看過手提電話的照片。你不過是之前看過一眼藏書室而已!」

福爾摩鼠鄭重地說:「**作為一名偵探的重要原則:培養記憶力!**勤用大腦,那可比電腦管用多了!」

布魯妮德從口袋裏掏出筆記本,認真做筆記。

福爾摩鼠微笑道:「總之,我知道應該**注意**什麼……我們第一次來這裏的時候,我已經留意到這本書了!」

我突然看到一隻我之前從沒見過的老鼠,混在尾隨福爾摩鼠來到藏書室的劇組老鼠當中。

我問布魯妮德:「那個大口吃薯片的瘦高個子是誰?」

　　她笑着説：「他叫查理‧薯片鼠，在電影裏扮演幽靈。他特別喜歡吃 **甜椒粉** 味的薯片！」

　　他的出現讓我心生疑慮：「之前銀面具幽靈出現的時候，他怎麼不在啊？」

　　布魯妮德回答：「他應該在睡覺！」

　　「什麼意思？」我問她。

她解釋道：「查理是一名優秀的演員，也是一個睡寶寶！」

與此同時，布魯梅爾問福爾摩鼠：「也許幽靈是一名偷古籍的？」

他回答道：「我想，竊賊應該是對書裏的內容更感興趣……具體來說，就是銀礦的地圖！不過，他好像忘了把另一本書拿走了……」

福爾摩鼠指了指剩下的那一本書。

棕毛鼠勳爵說：「這一本書裏記載了我們銀礦的最重要的礦脈。」

福爾摩鼠總結道：「勳爵，這都不重要了。破案指日可待！現在天色已晚，我提議大家都回去睡覺吧！」

驚悚鼠導演歡呼道：「我同意！明天早上我們還要開工呢！」

65

咔嚓，開機！

第二天，陽光照射着城堡四周的綠地。

身穿中世紀盔甲的**兩名騎士**朝着一名站在草地中央的貴婦走去。貴婦看着他們倆，一臉傲慢。

這時，有五、六隻身披厚羊毛的**綿羊**穿過貴婦和騎士之間寬闊的草地。

這時，傳來了一聲怒氣沖沖的叫喊聲：

「停！！！」

驚悚鼠導演跑到草地上，衝着羊羣吼叫。羊羣看着他根本無動於衷。「這些羊怎麼跑來這裏了？我們正在拍電影呢！」

一名技工慌忙驅趕羊羣，説：「導演，沒辦法！這些牲畜好奇心大，到處亂闖！」

那名中世紀的貴婦正是明星·星辰鼠。她説：「導演，我們不可以把牠們留下嗎？中世紀的草地上也有羊吧！」

導演乾巴巴地看着她，説：「是的，但是我的鏡頭裏不應該有！請你仔細看看劇本。現在的劇情是，兩名勇敢的騎士拯救了公主，開始追擊幽靈！」

只見遠處城堡的頂部出現了一個裹着一大片黑色袍的身影。

「噢，你們在説我嗎？」

隨後，幽靈把黑色袍拉開，大口大口吃起薯片。原來是查理·薯片鼠！

61

與此同時，其他羊也跑過來干擾拍攝。就在技工驅逐羊羣的時候，導演無奈地宣布：

「休息！！！

比爾・布倫和吉米・短跑鼠扮演的**兩名騎士**摘下頭盔，滿頭汗水，一邊嘟囔，一邊癱倒在草地上喘氣。

福爾摩鼠和我站在草地邊緣看着這一幕。

「那 **兩個膽小鬼** 居然扮演英勇無比的騎士？」我不屑地說，「哼！」

就在那時，棕毛鼠勳爵也趕到了。「如果你想聊電影，可以找我的鄰居。阿爾奇伯德・石頭鼠勳爵和他的兒子艾倫都是電影愛好者。他們常常跑來找我，觀看拍攝現場。你看，他們又來了！」

我看見**兩名身材矮小的老鼠**朝我們走來。年長的那位穿着黃藍色的格子西裝，而年輕鼠也穿着黃藍色的褲子，戴着同樣黃藍格子圖案的貝雷帽。

老石頭鼠勳爵跟我們打招呼，說：「福爾摩鼠先生，幸會！你是來驅逐幽靈的嗎？」

「**勳爵閣下**，正是如此，」我的朋友回答，「你見過幽靈嗎？」

老石頭鼠勳爵搖搖頭：「很遺憾，從來沒有！對於我們而言，幽靈是一個古老的傳統，而且⋯⋯」

就在那時，傳來了一聲恐怖的呼喊聲：「**天呀！**」

我們全都警覺地轉過頭。親愛的鼠民朋友，老實說，我是真的被嚇到了！原來是驚悚鼠導演，他在訓斥查理・薯片鼠。

「你想吃甜椒味**薯片**，沒有誰會阻攔你，但是你不應該用衣服擦你的爪子！看看你闖禍了……」

導演激動地指着那件黑色袍，上面布滿了**油漬**，都是查理擦爪子留下的痕跡！

查理攤開雙臂，沮喪地說：「導演，你說得對……**我的確太貪吃了**！我根本忍不住吃甜椒味的薯片！」

導演吼道：「**哼！**現在，我們得重新換**演出服裝**！誰見過一個滿身油漬的幽靈呢！」

我這才鬆了一口氣：原來沒有什麼嚴重的事件發生！

我看了看四周，發現布魯妮德並不在拍攝現場。真奇怪。她這麼熱衷於查案，怎麼偏偏不在這裏……

就在這時，又傳來一聲喊叫聲。

「啊啊啊啊啊啊啊！你們快來這裏！」

那是布魯妮德的呼喊聲從城堡裏傳來。

福爾摩鼠一刻也不耽誤，衝進城堡，跑上樓梯，穿過長長的**通道**，來到一個房間門前。

我們跟着他一路跑過去，上氣不接下氣。

我們又一次聽見女孩的呼叫聲音：「你們快進來吧！」

於是，福爾摩鼠打開門，發現布魯妮德站在一個衣櫃前……手爪拿着一個**銀面具**！

我也跟着進入房間，問：「布魯妮德！你還好嗎？」

她回答說：「我沒事！我是因為太**驚訝**了，才大喊一聲！我在衣櫃上面發現了這個！」

只見一個銀面具在我們大家眼皮底下閃閃發亮。那真的是一個**非常精美**的面具！

「什麼？！」棕毛鼠勳爵問，「白銀·棕毛鼠的面具居然在……我父親的房間裏？這怎麼可能？」

布魯妮德聳了聳肩：「叔叔……不過，可以確定的是，**衣櫃**上面有幾百年沒有除塵了！」

勳爵微笑着說：「現在，既然我們找到了面具，那麼它就會再次給我們帶來**財富！**」

福爾摩鼠拿起面具，試着彎曲它。

他判斷道：「嗯……顯然很薄，但是它很

硬，很結實。這是我們的 **第三條線索**，也就是說這個並不是你們家族的老古董！」

棕毛鼠勳爵嚇得目瞪口呆，問：「什麼意思？！」

「這是一件普通的 **仿製品** ！！！」福爾摩鼠回答，「史提頓，我說的沒錯吧？」

這並不是你們家族的老古董！

親愛的讀者朋友，你們知道為什麼嗎？

我頓時尷尬得滿臉通紅。

福爾摩鼠搖搖頭：「我的助理正在思考⋯⋯至於我為何如此確定，這不過是基本演繹法！這個金屬面具非常**薄**，卻不能彎曲。你們一定還記得銀的特性吧！我的兩名助理會向大家解釋！」

為了顯示我是一隻紳士鼠，我把向大家解釋的機會讓給**布魯妮德**。

她信心十足地接話說：「福爾摩鼠，當然可以！真正的銀很柔韌！也就是說，可以輕易地**塑形和摺疊**。所以，這個面具不可能是我們家族遺失的面具，因為它一點都不軟！它不可能是純銀製造的！」

福爾摩鼠微笑着說：「**親愛的布魯妮德，推斷完全正確！你真的是一名非常出色的偵探小助理！**」

她轉過頭，朝我使了個眼色。

福爾摩鼠拿出磁鐵靠近面具：「這個面具帶

有**磁性**的！也就是説，面具的材質並不是純銀的，有可能是幾種不同金屬的合成物。」

這時，艾倫·石頭鼠一臉無所不知的神情插話道：「更準確説，這個面具的材質是合金。」

阿爾奇伯德向大家解釋道：「艾倫是**地質學家**。關於石頭和金屬的知識，沒有誰比他知道得更多！」

福爾摩鼠好奇地問：「那麼他也知道本地的銀礦事跡？」

阿爾奇伯德老勳爵回答：「福爾摩鼠先生，這個當然！他……」

他的兒子打斷他：「沒有，我主要研究關於土地上現存的礦物和金屬……而不是那些已經枯竭的金屬資源！」

福爾摩鼠説：「那隻所謂的『幽靈』好像對這個話題非常感興趣。他偷了載有**古老地圖**的古書……還有一本卻落在藏書室裏！」

這時，石頭鼠父子交換了一個眼神，顯得有些困惑。

我插話道：「你的意思是，小偷心不在焉？」

福爾摩鼠聳了聳肩：「也許他看書看煩了！總之，我覺得這個面具是屬於之前嚇到你們的那個**假幽靈**的。」

「那為什麼會在**布魯克爺爺**的房間裏呢？」我問。

布魯克爺爺就在這時趕到，身後跟着忠實的管家詹姆斯。爺爺接過面具，棕毛鼠勳爵向他解釋了一切。

「什麼？！布魯妮德，你居然亂翻我的房間？」年邁的布魯克爺爺**氣憤**地斥罵說，「你好大的膽子！」

她回答：「爺爺，我是偵探小助理！我翻找了所有老鼠的房間……我向你道歉，不過，要是

我沒這麼做的話，就不會發現這個假面具了。」

　　布魯克爺爺平靜下來，說：「對不起，不過我懷疑面具並非一直在我的**衣櫃**上面。我覺得應該是最近放上去的！」

　　福爾摩鼠點點頭：「可能小偷覺得自己快要落網了，於是想把**嫌疑**轉嫁其他鼠身上……」

　　管家詹姆斯朝他瞄了一眼，但是福爾摩鼠並不理會，宣布：「各位，我們繼續查案！」

偷書賊

那天晚上，等大家都回房間睡覺了，我也打算回房享受我的休息時光。我好像已經聞到了壁爐的熱氣，蓋過了城堡**難聞的氣味**。

就在這時，福爾摩鼠卻叫住我：「**史提頓，你的牀可以再多等一等！**」

我說：「可是……已經很晚了，我已經很累了……」

和往常一樣，老鼠島上最偉大的天才偵探

伸出手爪,宣布:「**作為一名偵探的重要原則:當大家都睡覺的時候,最好睜大眼睛……因為這是行動的最佳時刻!**」

然後,他指了指通往地下的樓梯,示意我跟上。我們來到地下室的走廊,也就是前一天晚上銀面具神秘消失的地方。福爾摩鼠從口袋裏掏出一罐**噴霧**晃了晃,然後對着地板噴出一種**無色無味**的物質。

我靜靜地看着不敢發問。

福爾摩鼠和往常一樣,又一下讀出了我的心思:「史提頓,別擔心!很快你就會明白。我們現在回地面!」

我們爬上樓梯。我正朝着臥室的方向走去,眼看着福爾摩鼠進入自己的房間,但隨即又提着一個看似帽子收納盒的圓形**手提箱**出來了(我之前在他的超級汽車上見過)。

福爾摩鼠叫我隨他去**藏書室**。

我們用手提電話打光，進入那個裝滿書的漆黑寂靜的地方。

福爾摩鼠對我說：「快找個地方躲起來。你也猜到那個所謂的幽靈一定會回來這裏吧？」

我其實根本沒有想到這一點，但是我好像突然靈光一現。「**書**！這就對了！如果前一天晚上銀面具沒有偷走關於銀礦的另一本書，那麼他一定會再回來偷！」

福爾摩鼠悄聲說：「**史提頓，基本演繹法**！你說話別這麼大聲，小心被那個神秘的小偷聽見！」

於是我小聲說：「福爾摩鼠先生，很抱歉，我應該早就想到這一點的……我記得你重複提及過好幾次，小偷把古老銀礦的**其中一本**落在這裏了！」

目前，那本關於濃霧沼澤銀礦的書依舊在那張小桌子上！

福爾摩鼠微笑道：「沒錯，那本書是一個**誘餌**……我確定，我們的幽靈一定會上釣！」

我有些疑惑，問：「那麼……你覺得躲在 銀面具 背後的傢伙會是我們在城堡碰到的某隻老鼠嗎？」

他回答：「極有可能。我覺得今晚的幽靈一定會戴着面具。之前，他故意讓我們找到面具，就是為了 誤導 我們！」

我更加不明所以了，耳語問道：「你之前說，那面具並不是真正的棕毛鼠家族面具！」

「我的確這麼說過，而且對於這一點，我非常確定。」他回答，「那是一張假面具，屬於那個假的銀面具幽靈！」

我撓了撓我的木瓜腦袋：「**我越來越糊塗了**！」

福爾摩鼠解釋道：「我在超級汽車的移動實驗室裏分析了那張面具，和我之前推斷的一樣：

那不是銀，而是一種**銅**、**鋅**、**鎳**混合而成的合金。那個閃粉也是相同的材質！所以，我可以非常確定地說，我們發現的是**假幽靈的假面具**！」

我嘟囔着説：「如果那面具是假的，為什麼那個假幽靈要故意讓我們發現呢？」

他不耐煩地説：「史提頓，我已經告訴你了！他想誤導我們，因為他感覺到我們離真相越來越近，很快就會**揭穿他**！」

然後，他指着一個竹籃，從那裏可以看見放着銀礦書的小桌子。他説：「快，躲到那裏面！」

我回答：「可是它裝不下我們兩個啊！」

他不耐煩地説：「你就別擔心我了！我自然有我獨特的**偽裝小把戲**！」

他放下那個圓形的行李箱，看了看四周。

然後，他按動行李箱彩色鍵盤上的一個黃色**按鈕**。

　　我連續聽到「轟隆、沙沙、嗡嗡」幾聲奇怪的聲響。

　　他的小行李箱隨即打開，從裏面抽出一個越鼓越大的**泡芙**，像極了格魯耶爾乳酪，上面還有兩個小眼孔——那真的是藏身的好地方！

　　福爾摩鼠從泡芙上拉開一個小洞，彎身鑽了進去，「噗」的一聲就隱身了⋯⋯

　　很快，他又命令我趕緊**藏好**。

　　我鑽進籃子，隱約可以看見那張小桌子。

　　我們開始靜靜等待神秘幽靈的出現⋯⋯

要是我睡着了怎麼辦？一想到這一點，我就難以平靜！為了讓自己保持清醒，我決定每隔一段時間搶一下自己……

是的，可是大概每隔多少時間呢？

正在我思考的時候，我聽見一把聲音……我透過籃子，隱約看見一個微微發亮的身影出現。那是一個身披長袍的*幽靈*！

我瞪大了眼睛觀察：跟**電影**裏的幽靈一模一樣！

他在藏書室裏轉了一圈，然後在放着那本介紹銀礦書本的小桌子前停了下來。

一隻戴着白手套的老鼠爪子從袍子裏伸出，勉強觸到那本書，露出白色的袖子。

我留意到幽靈的胳膊有點短……

就在那時，福爾摩鼠突然從泡芙裏跳了出來：「**住手，穿着幽靈衣服的小偷！**」

那隻爪子隨即急忙拿起書本，藏到袍子裏。幽靈開始*逃跑*。

福爾摩鼠開始追，而我也打算從籃子裏出來，可是……吱吱吱！

我的外套卡在了籃子的藤條裏！

我用力擺脫籃子，沒想到 **籃子** 被我撞翻，剛好滾到了福爾摩鼠面前！

「史提頓，現在可不是胡鬧的時候！**我的助手鼠**，快追捕那個疑犯！」

可是，那個神秘小偷已經跑出藏書室，一轉身跑進通道。

我大喊：「幽靈！**快停下！**」

走廊上許多門打開了。兩個男明星吉米·短跑鼠和比爾·布倫又立刻關上門。而明星·星辰鼠從房間裏跑出來，跟着我和福爾摩鼠，加入追捕跑得*飛快*的幽靈。

我們跑下樓梯，一直追到**地下室**。

地上落下了一件長袍。

福爾摩鼠命令我：「你在這裏守着，不許任何鼠經過！」

然後，他跑過去掀起長袍，但是裏面**什麼也沒有**！

他拿着長袍踮着腳尖跑回來（*幾乎腳不觸地！*），向我展示*黑色的長袍*。

我們從近處仔細觀察，發現袍上有許多油漬……還散發出濃郁的**甜椒味**！

明星‧星辰鼠也在這時趕到：「什麼？！這不就是查理‧薯片鼠的幽靈戲服長袍麼！」

福爾摩鼠說：「我們去找他！」

我們沿着樓梯往**上**跑，一直跑到查理的房間。

我們進入他的房間，發現他睡得正香！

房間裏還掛着另外一件幽靈的長袍，上面有很多甜椒爪印。

福爾摩鼠把我們在地下找到的長袍交給我，轉身仔細檢查查理房間裏的那一件，說：「這是一條新線索，非常有趣。」

我問：「這是查理是偷書賊的證據嗎？」

他回答：「不是！你仔細看看……這是**第四條線索**，證明了他的清白！」

我仔細觀察*兩件長袍*，它們看起來好像一模一樣，上面都有好多油漬！然而，的確好像有什麼地方不對勁……

89

那個所謂幽靈落下的長袍

查理·薯片鼠的長袍

查理·薯片鼠不是小偷！

福爾摩鼠到底發現了什麼呢？

　　我又仔細檢查那些油漬，突然一下子全明白了：「我們在通道裏發現的那件袍子上的爪印，比查理演出時所穿的戲服上要小很多！」

　　福爾摩鼠微笑着說：「史提頓，基本演繹法！我有着非比尋常的**超強觀察力**，一眼就看

90

出來了。不過，還好你花了點時間也可以看出來！穿着這袍子的老鼠故意把它弄髒，藉此混淆視聽，讓我們相信這件就是查理・薯片鼠的戲服。但是，他的**指頭**太小了！」

福爾摩鼠指了指熟睡中的查理露在被子外的長長的手指。

就在那時，查理醒了：「早安！你們在這裏做什麼？」

與此同時，棕毛鼠一家和驚悚鼠導演也趕到了。在這一大羣**喧鬧**的老鼠當中，居然還有石頭鼠勳爵父子。

大家都看着查理・薯片鼠，只見他伸出爪子，從牀頭櫃上又拿出一袋**甜椒味薯片**往嘴裏塞。「**嘎吱嘎吱**！不好意思，我知道不應該，但是我一睡醒，就總是很餓……」

秘密通道

　　沒有老鼠搭理查理・薯片鼠！眼前的情況讓我們全都太緊張了。

　　女明星激動地說：「我很高興，查理是清白的，但是……那隻**喬裝**成幽靈的神秘老鼠一定還在這個城堡裏！」

　　吉米・短跑鼠鼓起勇氣，走出自己的房間，用嚇得只剩下細若游絲的聲音問：「難度真……真的有**幽靈**嗎?!」

布魯妮德回答：「沒有啦！幽靈根本不存在！」

布魯梅爾·棕毛鼠勳爵有些氣餒：「也許不是幽靈，但是和幽靈一樣神秘，**琢磨不透！**」

驚悚鼠導演插話道：「明星剛剛告訴我，神秘的幽靈又從地下**消失**了……也許我們得終止電影拍攝。」

福爾摩鼠信心十足地微笑道：「各位，我們不應該放棄。**這個謎案一定可以破解的……我一定會為大家找到答案。你們跟我來！**」

我們全體來到地下。

福爾摩鼠用超級電話發出**紅外線光**照射地面，照出一連串腳印，一直通往我們找到長袍的地方。

大家都嚇得目瞪口呆。

福爾摩鼠解釋道：「不久前，我和我的助理來過這裏。我在地上噴灑了一些我特製的*特別液體*，讓所謂的幽靈的足印顯露出來！」

石頭鼠勳爵疑惑地問：「**足印？**但是幽靈是不會留下足印的！」

福爾摩鼠自信地看着他，說：「沒錯，石頭鼠勳爵！接下來就由史提頓來解釋吧……」

我準備充分地解釋道：「幽靈的確不會留下足印，因為幽靈根本不存在！那件長袍下躲着一隻穿着鞋、戴着手套的老鼠！」

艾倫·石頭鼠反駁道：「也許吧。不過這裏的足印經過走廊，然後就**消失**了！」

大家一齊看向地面。

女明星說：「有道理……這解釋不通！」

吉米·短跑鼠結結巴巴地說：「我……我要……回房間去了！」

福爾摩鼠自信地微笑着說道：「各位，無須擔心！我們雖然看不到逃跑的出口，但是那隻鼠的確是離開了⋯⋯只有一個可能，那就是出口很隱蔽！」

他在走廊上來來回回走着，邊走邊跺腳。

咚咚！咚咚！咚咚！咚咚！咚咚！咚咚！

然後，他停下腳步說：「我通過強大的偵查能力，發現了**第五條線索**！」

他蹲下來，用手爪摸索滑過地磚的邊緣⋯⋯突然，悄無聲息地打開了一道暗門！

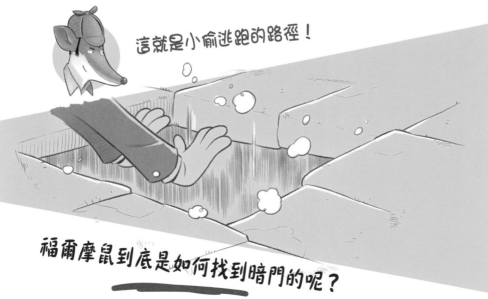

這就是小偷逃跑的路徑！

福爾摩鼠到底是如何找到暗門的呢？

棕毛鼠勳爵驚呼起來：「你是怎麼發現的……這道暗門這麼隱蔽！」

女孩布魯妮德插話道：「我猜這很簡單。福爾摩鼠走在地板上，發現其中有一個點傳來空洞的回聲！」

福爾摩鼠微笑道：「布魯妮德，太棒了！那個所謂的幽靈正是從這道**暗門**逃走的。你們都跟我來！」

一道垂直的樓梯一直通往黑暗深處。福爾摩鼠用**手提電話**照明，我們一路下行，來到地下深處的一個隧道。沒走幾步，我們就撞到一處**塌方**，阻斷了前方通道。

布魯克爺爺嘟嚷着說：「這個銀礦迷宮，在我們的城堡下面綿延好幾公里。沒有地圖的話，很難定位走出去！」

福爾摩鼠評論道：「果然如此！城堡地下就是**銀礦**。各位，我們先回去地上的城堡吧！」

正當我們往回走的時候，布魯妮德向福爾摩鼠發問：「福爾摩鼠先生，我很**好奇**，你已經分析那個假面具了嗎？是什麼成分？」

「……鎳、鋅和銅！布魯妮德，不如我們晚點再說這個！」他似乎不想解說，「現在我得集中注意力，離結案就差一小塊 信息拼圖 了。」

可憐的布魯妮德還沒有習慣偉大的福爾摩鼠的古怪脾氣。她看起來有點沮喪。

她垂頭喪氣地轉身對走在她身後的艾倫・石頭鼠說：「艾倫先生，你可以幫幫我嗎？我只是想確認一下。之前你說過面具是一種**合金**，對嗎？」

　　「沒錯！三種不同金屬的合金：55%**銅**，25%**鋅**，和20%的**鎳**。」

　　我們回到地面。福爾摩鼠宣布：「各位先生、女士，結案的時候到了！大家都跟我去**城堡的藏書室**！」

結案

「我已經收集了所有，
真的是所有的信息拼圖……
我知道前天晚上是誰
戴了假的銀面具！」

夏洛特·福爾摩鼠

面具後到底是誰？

　　我們一個接着一個來到寬敞的藏書室，有棕毛鼠一家，鄰居石頭鼠父子，驚悚鼠導演和他的整個劇組，還有幾隻**羊**。牠們好像對發生的事情也很好奇，走進大門，來到藏書室，在大廳裏轉來轉去，好像在牧場上一樣。沒有老鼠在看顧這些羊。**牠們十分好奇，非常活潑，好像非常會社交！**

長夜已然過去，清晨的陽光穿過窗戶。

福爾摩鼠來到大廳中央，面對着所有的老鼠（也就是所有的嫌疑鼠）。他靜靜地 看着他們。

過了一會兒，他終於說話：「各位，我很榮幸地宣布，我已經收集了所有，真的是所有的信息拼圖……我知道前天晚上是誰戴了假的銀面具（以及昨晚是誰穿着長袍）！我也明白了為什麼他要那麼做！」

福爾摩鼠停頓了一下，觀察着在場所有老鼠的反應。

我也在觀察。所有老鼠當中，布魯梅爾·棕毛鼠勳爵焦慮的表情讓我印象深刻。

福爾摩鼠繼續說：「犯案者就在我們當中。哪怕是一名業餘的偵探也可以判斷出他是誰！」

棕毛鼠勳爵打斷他，說：「福爾摩鼠先生，我知道。」說着，他隨即指着驚悚鼠導演。

導演憤慨地看着他：「我?!棕毛鼠勳爵，你這是怎麼回事？」

棕毛鼠勳爵轉身對福爾摩鼠説：「**幽靈**出現的時候，他也不見了蹤跡！前天晚上（*以及昨天晚上*），他都是在我們之後才現身的，而我們是從更遠的地方（*也就是大廳*）過來的！」

布魯妮德和布魯克爺爺都嚴肅地點點頭。

我也注意到了那個細節。

導演尷尬地説：「好吧，我得承認，我雖然拍關於幽靈的電影，但是……**我其實很怕幽靈**！正因為此，每次銀面具幽靈出現的時候，我都躲在自己的房間裏！」

棕毛鼠勳爵堅持道：「啊，真的嗎？我覺得，你説你很害怕……但是實際上你是希望這個幽靈的故事能得到媒體大肆宣傳。這是你的電影最好的**廣告**！我説的沒錯吧？」

我點頭道：「這倒真是一個合理的動機！」

勳爵繼續他的推斷：「你，范·驚悚鼠，用各種技術手段來 **假扮幽靈** ，就好像你的電影裏出現的幽靈那樣。而且你又高又瘦，和銀面具幽靈很相似！」

大家都看着 **導演**。他走到大廳中央。

「這個 **指控** 太荒謬了！」他驚呼，「罪魁禍首不是我……你們怎麼可以憑空捏造這些指控？」

福爾摩鼠微笑着插話道：「**范·驚悚鼠導演**，你應該欣賞棕毛鼠勳爵的想像力！他可以給你的電影當編劇！但是，勳爵閣下的猜測和 **真正的犯案者** 相距甚遠……」

棕毛鼠勳爵搖了搖頭，疑惑地說：「什麼？所有的證據明明都指向他！」

福爾摩鼠並不理會他，繼續說：「關於小偷身分，也許我的助手有一套更合理的**假設**！」

我感覺好像有鼠拽住了我的鬍子一樣……於是，我想啊想，不停地分析，簡直搾乾了腦汁，說：「可以確定的是，犯案者很狡猾，想轉移我們的**調查**視線……」

「史提頓，非常好！繼續！可以預見，你的推斷一定切中要點！」

「呃……當布魯妮德在**布魯克爺爺**的房間裏找到銀面具的時候，布魯克爺爺卻聲稱他從來沒有見過那個面具！然而，他有合理的動機讓他**家族的古老幽靈**再次在城堡現身。大家都知道，他不喜歡電影劇組。看到劇組被嚇跑，他應該會很高興！」

導演和他的劇組交頭接耳，竊竊私語：「真的呢……他受不了我們！」

布魯克爺爺不屑地回答：「哼！**無稽之**

談！我這把年紀了，哪裏還有體力扮演白銀·棕毛鼠的幽靈！」

我堅持道：「也許不是你……而是你的**管家詹姆斯**，他和所謂的幽靈一樣又高又瘦！」

管家詹姆斯瞪了我一眼。

我繼續說：「而且，他對城堡和古老銀礦的地下迷宮非常熟悉……他還有所有的**鑰匙**，可以開關所有的門，輕易逃跑！」

大家眉頭緊鎖地看着布魯克·棕毛鼠和管家詹姆斯。

布魯梅爾·棕毛鼠勳爵僵在那裏不知道說什麼。

年幼的布魯妮德驚歎道：「布魯克爺爺！詹姆斯！我不相信你們是幕後黑手！」

福爾摩鼠平靜地插話道：

「**親愛的布魯妮德，**

　　　其實，

　　　　　我也不相信是他們！

史提頓假設的犯案動機太弱了……老勳爵雖然不喜歡電影劇組，但是也不可能讓他的管家扮作幽靈來打發他們！」

布魯克「**哼哼**」一聲 表示同意，而詹姆斯嘴角上揚，露出一個難以察覺的微笑。

福爾摩鼠繼續說：「況且，我們已經發現了 **秘密通道**。我們也都看到了，鑰匙並沒有那麼重要！而且，老勳爵為何要派管家去偷自家的書呢？**史提頓，**

　　　　　你的假設不成立！

我欣賞你的努力，但是你的推斷漏洞百出！」

我 **耷拉着腦袋**，像一個洩了氣的皮球……

我的朋友總結道：「真正的罪魁禍首將面具故意放在老勳爵的房間裏，又用假的戲服栽贓查理·薯片鼠。不過，我的助手至少有一點猜對了，就是關於犯罪**同夥**的假設……」

我重新抬起頭，為自己感到**驕傲**！

福爾摩鼠停頓片刻，宣布：「這個案子裏，犯案的小偷不止一隻老鼠，而是兩隻！」

109

最後的
謎團

　　兩名罪犯？親愛的鼠民朋友，我承認，我當時也很好奇。

　　我看了看周圍，問自己誰會是犯罪同夥。我立刻留意到**比爾‧布倫**和**吉米‧短跑鼠**，他們面色嚴肅地聽着福爾摩鼠的推斷。

　　他們倆會是罪魁禍首嗎？

　　我看到布魯妮德走到她的叔叔棕毛鼠勳爵身邊，一副**聚精會神**的樣子。

不，他們應該沒有嫌疑！

福爾摩鼠繼續說：「正如大家所知，**銀面具**是棕毛鼠家族的象徵和幸運物，由發現城堡地下的銀礦的祖先**白銀**製作。他曾留下預言：『**務必保管好銀面具，否則棕毛鼠家族的財富，將於壞星下消失！**』他的後代都很聽話，家族財富也因銀礦開採不斷增長。直到有一天，銀面具不翼而飛……從那以後，銀礦的礦脈也就枯竭了！根據**傳說**，戴着遺失銀面具的祖先——白銀的幽靈就是在那個時候出現了！」

勳爵和布魯克爺爺點點頭：「正是如此！」

福爾摩鼠繼續說：「這是很多很多年以前的事情了！但是，到底是什麼原因，*那個戴着銀面具的幽靈突然又在現在這個時候出現了呢？*」

親愛的朋友，我也很想知道答案！

福爾摩鼠很有把握地
解釋 道：「棕毛鼠家族將城堡租給劇組拍電影，想用租金來修復城堡。巧合的是，就在現在這個時候，有鼠假扮成幽靈來嚇唬劇組。

動機 很明確：這隻鼠想讓棕毛鼠家族破產，好以低價收購他們的城堡！」

我環顧四周，藏書室裏的窗戶殘破不堪，天花板下**木飾牆線**上的一顆星辰圖案上還有一道裂痕。城堡早已風光不再！

福爾摩鼠繼續說：「但是，誰願意買一個 **日久失修** 的城堡呢？到底出於什麼動機？那個假幽靈給了我們答案。他在嚇到了電影劇組後，又偷走了兩本書。他先拿走了一本，隨後又發現拿走的那本書裏沒有他想要的信息。於是，他又回來偷另外一本。」

布魯梅爾・棕毛鼠勳爵問：「那麼小偷到底想在那兩本舊書裏找什麼呢？」

福爾摩鼠回答：「棕毛鼠勳爵，不久之前，你自己不是告訴我了嗎！小偷在找**銀礦礦脈**的地圖。」

棕毛鼠勳爵無奈道：「但是，礦脈已經枯竭了！」

福爾摩鼠真誠地看着他，說：「用幾百年前的開採技術的確是枯竭了。但是，用現在的技術，還是可以繼續開採的。你們的銀礦裏極有可能藏有更多的純銀！」

棕毛鼠一家驚訝地問道：「當真？!」

他點點頭：「各位，正是如此。你們可以問問 **地質專家** 。」他轉頭看着艾倫・石頭鼠。

這位年輕學者說：「關於古老銀礦的開採……」

阿爾奇伯德勳爵打斷他，說：「艾倫什麼都

113

不知道！」

福爾摩鼠笑着說：「**石頭鼠勳爵**，你就不要再騙大家了。正是你們父子倆想把棕毛鼠一家趕走，好得到他們的城堡！正如總能預見答案的某鼠所言：

鄰居的銀礦
越來越多！」

咕吱吱！這不正是皮莉鼠小姐在我們剛剛坐上超級汽車開始這一趟旅程時所說的話麼？女管家的**直覺**總是能引導福爾摩鼠走上正確的破案道路，這一次又是如此！

我的偵探朋友繼續說：「艾倫掌握全部的知識，知道如何識別和開採銀礦，也知道該如何製作面具來實現計劃！」

艾倫‧石頭鼠**不屑**地回答：「荒謬！幽靈那麼高……而我們父子倆都很矮！」

也對！石頭鼠父子比幽靈矮多了！

福爾摩鼠平靜地回答：「要想增加高度並不難。穿上袍子，戴上面具和圓頂禮帽，再將幽靈的長袍套在帽子上！我留意到假的銀面具幽靈的**腿**比白銀·棕毛鼠的腿短很多……從長袍露出的**胳膊**也是！」

我以一千塊莫澤雷勒乳酪的名義發誓！**親愛的鼠民朋友**，我也留意到這一點了！只是，我的觀察就停留在原地，懸浮在空中！

福爾摩鼠繼續說：「後來那件長袍上的油漬爪印也比查理·薯片鼠的袍上的細小很多。不過，最重要的是……你們仔細看看我在地下發現的**足印**！」

他打開手提電話，讓大家看用紅外線拍攝的足印照片。

然後，他轉身對范・驚悚鼠導演、管家詹姆斯、查理・薯片鼠和艾倫・石頭鼠說：「各位，你們可以向大家展示一下你們的鞋底嗎？」四隻老鼠隨即都抬起了腳。

福爾摩鼠將他們的 鞋底 和幽靈的足印對比……

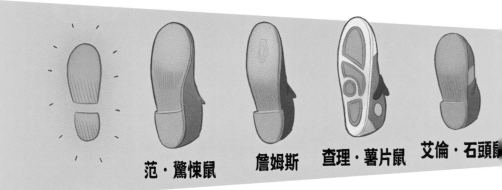

范・驚悚鼠　　詹姆斯　　查理・薯片鼠　　艾倫・石頭鼠

很明顯，其中三隻鼠的鞋底和足印並不相符。只有艾倫・石頭鼠的鞋底和足印完美吻合！

「但是，**最關鍵的證據**還是布魯妮德找到

的！」我的偵探朋友總結道，「艾倫上當了，他告訴布魯妮德假面具的 金屬 成分。這個細節只有製作假面具的老鼠才會知道！」

艾倫結結巴巴地說：「不對……是她告訴我們面具的成分的！」

福爾摩鼠回答：「沒錯！但是，我從來沒有透露過金屬成分的精確 比例，而這張面具是不久前有老鼠剛剛製作的！」

大家都盯着他看。

我環顧四周，發現他的父親不見了：「阿爾奇伯德·石頭鼠跑去哪裏了？」

棕毛鼠勳爵回答：「他剛剛還在的！」

比爾·布倫嘀咕道：「他還真像個幽靈！」

福爾摩鼠冷靜地說：「各位不用擔心！石頭鼠勳爵一定還在這裏……」

女孩布魯妮德驚呼：「他在那裏！」

她指着闖進藏書室的 羊羣 中的一隻。

117

老石頭鼠勳爵躲在一隻羊的肚子下面，想偷偷溜出藏書室。

他一下子被管家詹姆斯**抓住**，而艾倫被比爾·布倫堵住（這次，他再也不害怕了！）。

布魯妮德說：「他想用奧德修斯的小伎倆逃離獨眼巨人波利菲莫斯。你們一定知道，我說的是《奧德賽》裏的故事！」

她指着小桌子上放着的《荷馬史詩》。

福爾摩鼠讚許道：「布魯妮德，非常棒！**作為一名偵探的重要原則：多看書……以文化、直覺和想像滋養自己！」**

而我也非常滿足：「布魯妮德，你的工作非常出色！你是一名很出色的偵探小助理……更重要的是，你是一個很能幹的朋友！」

布魯妮德墊起腳尖擁抱了我，說：「謝謝你，謝利連摩！對我而言，友誼是最珍貴的財富之一，比我們的銀礦要珍貴得多！」

大家都向福爾摩鼠慶賀。

他說：「我們還**有最後一個謎團**要解開。我想我已經知道那個消失了幾百年的真正的銀面具在哪裏了。你們還記得白銀・棕毛鼠的話嗎？

『務必保管好銀面具，否則棕毛鼠家族的財富，將於壞星下消失！』」

我撓了撓我的腦袋，一點頭緒都沒有。

最後，福爾摩鼠（和往常一樣）揭曉了謎底：「我想，多年以前，當銀礦枯竭的時候，棕毛鼠家族的**曾曾曾曾曾……祖**想聽從祖先白銀的話。他看到棕毛鼠家族的財富已經枯竭，就將銀面具藏到了……一顆壞星下！」

福爾摩鼠指着天花板下**裝飾牆線**上的星辰圖案。

以一千塊莫澤雷勒乳酪的名義發誓！這個細節一直都在我的眼皮底下！其中一顆星星的木頭有一條**裂縫**，

剛好就是

一顆「壞」星！

福爾摩鼠叫管家拿來一把扶梯，然後爬到高處的壞星下。

他在上面折騰了一會兒，終於發現了真正的銀面具！

大家驚呼：「哇哇哇哇哇哇！」

福爾摩鼠將面具交給布魯梅爾·棕毛鼠勳爵，說：「我想，在一名（正直的）地質學家的幫助下，利用最新的**開採技術**，你們的銀礦一定會有產出！」

棕毛鼠勳爵說：「福爾摩鼠，太感謝你了！我們一定會修復城堡、修剪花園和修整牧場！除了銀礦，我們還要生產棕毛鼠家族的羊毛！」

他說到此處，藏書室裏的羊羣發出一陣震耳的叫聲：「咩！」

121

棕毛鼠的禮物

第二天，我們離開城堡。

我們開着貨車模式的超級汽車穿過濃霧沼澤和幸福沼澤。

但是，我坐在車裏還是覺得很擠迫。

親愛的鼠民朋友，你們知道為什麼嗎？

因為棕毛鼠勳爵在車裏塞滿了禮物，幾乎都是他們家族的綿羊產品：一袋袋的陳年乳酪，有甜椒味的、有蔬果味的、有青草味的……

　　這些乳酪的香味真是太誘鼠了！（但是我必須忍住誘惑，因為福爾摩鼠連一小塊都不想給我……）

　　除了乳酪，車裏還塞了幾十個不同顏色的**毛線球**，都是棕毛鼠家族出品最柔軟的羊毛產品！

　　不久，超級汽車的電話鈴聲響起，熒幕上出現皮莉鼠小姐的臉。

　　福爾摩鼠隨即向她表示感謝，謝謝她幫助破案。他接着說：「有一個假銀面具，我想請你放到我的收藏品中。你看到我身後的這些乳酪和羊毛線球了嗎？全部都送給你……你的**針織**技術是一流的，我說得對嗎？」

　　女管家點點頭：「福爾摩鼠先生，這個當然！我會織一條暖和的**被子**、混色圍巾……還有一塊可以把你這個新紀念品擦拭得閃亮的抹布。另外，等你們回來的時候，我會為你們泡一

杯藍莓茶，準備好**乳酪味**十足的餅乾和**甜滋滋**的點心，一定比你們在濃霧沼澤吃到的任何點心都美味！」

就在那時，我探出頭對着熒幕説：「午安，皮莉鼠小姐！我等不及回離奇大街13號了！好想

嘗嘗你剛剛提到的各種**美食**……超級汽車裏瀰漫着乳酪的香味，真的讓我**流口水**啊！」

福爾摩鼠嘟囔道：「史提頓，你沒看看現在幾點了嗎？你要遲到了！案件已經破解了，我得趕緊把你送上回**妙鼠城**的火車！」

親愛的鼠民朋友們，真的就是這樣。

我們來到火車站，往妙鼠城的火車還有幾分鐘就要開出了。福爾摩鼠早就精心計算好了時間！可是，跑向火車的時候，我已經無比留戀剛剛結束的探案之旅，並迫不及待着下一次**偵探冒旅**。下一次辦案，當然還是由偉大的偵探福爾摩鼠和他無可替代的助理**謝利連摩·史提頓**共同完成。各位親愛的讀者們，請期待我的下一本新書！

謝利連摩·史提頓

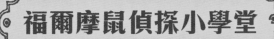

福爾摩鼠偵探小學堂

作為一名偵探的重要原則：

具備科學探究思維！

史提頓，想成為一名出色的偵探，你就要具備科學探究的思維！平日我們要**學習**生物、化學和物理科學知識。這有助加強我們對世界的認知，了解世上事物的物質和結構，以及其運作原理和規律，從而提升我們的邏輯思考和推理能力。此外，我們還要主動探索，觀察入微，並且學會梳理、歸納和分析資料。

我的助手鼠，我們來玩一個小遊戲。你取三個杯子來，其中兩個杯子裏裝半杯水。然後，在左邊的杯子裏溶解一點**紅色顏料**，在右邊的杯子裏溶解一點**黃色顏料**。然後，捲起一張吸墨紙，

126

將它浸入黃色顏料的杯子裏，另一端放進空的杯子。然後，再捲起另一張吸墨紙，將它浸入紅色顏料的杯子裏，另一端則放進空的杯子。

如果你把杯子留在那裏過夜，第二天你會發現什麼呢？想知道答案嗎？你也可以試着做這個實驗，**再觀察結果！**

各位鼠迷，你也來試一試吧！

第二天，三個杯子都會有三分之一的水：**一杯紅色、一杯黃色，還有一杯橙色。**

這個遊戲展示了兩個科學原理：第一，是連通器原理（相連的兩個或多個裝有液體的容器，最終的水位會變得一樣高），第二，是顏色原理（紅色和黃色混合會變成橙色！）

神探福爾摩鼠

①公爵千金失蹤案

公爵千金失蹤了！黑尾鼠公爵一家在案發現場完全找不着任何強行闖入的痕跡，大家都茫無頭緒，急忙向福爾摩鼠求助……謝利連摩化身神探助手，與福爾摩鼠一起到公爵府進行調查，到底犯人是如何在守衛森嚴的貴族大宅裏，不動聲色地擄去公爵千金的呢？

②藝術珍寶毀壞案

怪鼠城出現了多宗離奇的藝術文物毀壞案！神秘的罪犯接二連三在各種藝術珍寶上留下詭異的巨大爪痕，而所有目擊者均指出在案發現場曾經看到傳説中的神秘怪物——「狼貓」出沒……那些神秘爪痕真的是「狼貓」所為？這些案件背後是否隱藏着重大秘密？

③黑霧迷離失竊案

怪鼠城接連出現神秘的黑霧，城中罪犯伺機蠢蠢欲動！一條珍貴的粉紅色心形鑽石頸鏈——「玫瑰之心」，在運送途中竟離奇憑空消失了！珠寶商急忙委託福爾摩鼠進行調查。每當漆黑濃霧出現，就會有不尋常的財物失竊案發生！到底福爾摩鼠與謝利連摩能否抓到隱藏在黑霧背後的神秘罪犯呢？

④劇院幽靈疑案

怪鼠城歌劇院歷史悠久，充滿傳奇色彩。最近著名歌劇《塞維爾的理髮師》隆重上演，全城雀躍，福爾摩鼠和謝利連摩也盛裝打扮出席。就在歌劇公演之前，女主角竟在後台失蹤了！隨後，劇院內更發生連串離奇事件，讓工作人員陷入恐慌！難道歌劇院裏有幽靈作祟？還是事件背後另有陰謀？一個意想不到的小幫手，能助福爾摩鼠與謝利連摩揭開真相嗎？